Des matières dangereuses

**COLLECTION
PAPILLON**

COLLECTION PAPILLON
OUVRAGES PARUS DANS CETTE COLLECTION

Des matières dangereuses

roman

Clément Fontaine

ÉDITIONS PIERRE TISSEYRE
8925, boulevard Saint-Laurent — Montréal, H2N 1M5

La publication de cet ouvrage a été rendue possible grâce aux subventions du Conseil des Arts du Canada et du ministère des Affaires culturelles du Québec

Données de catalogage avant publication (Canada)

Fontaine, Clément
    Des matières dangereuses
    (Collection Papillon ; 25).
    Pour les jeunes.

    ISBN 2-89051-501-X

    I. Merola, Caroline. II. Titre. III. Collection: Collection Papillon (Éditions P. Tisseyre) ; 25.

PS8561.O549M37 1993   jC843'.54 C93-096059-9
PS9561.O549M37 1993
PZ23.F66Ma 1993

Dépôt légal : 1ᵉ trimestre 1993
Bibliothèque nationale du Canada
Bibliothèque nationale du Québec

Maquette de la couverture :
Le Groupe Flexidée

Illustration de la couverture
et illustrations intérieures :
Caroline Merola

Révision:
Marie-Hélène Gauthier

1

L'arrivée
à *La Ferme*

J'ai commencé à apprécier vraiment
la petite maison de campagne que mon
père venait d'acheter, sur le bord de la
rivière Richelieu, lorsque nous sommes
allés faire la connaissance de nos voisins
les plus proches.

C'était la journée même de notre
«prise de possession», comme disait fière-
ment Normand. Il nous manquait des

outils pour rafistoler des choses à l'intérieur, dans la cuisine et la salle de bains surtout.

Ces réparations ne pressaient pas tant que ça. Je crois que c'était le meilleur prétexte qu'avait trouvé mon père pour aller cogner à la porte des Laverdière. Normand est curieux de nature et il aime entretenir de bonnes relations avec le monde. En ville, dans notre immeuble à appartements où les locataires sont tellement renfermés, il se plaint souvent de ne pas connaître ses voisins immédiats. Il voulait partir du bon pied à la campagne.

La femme qui nous a ouvert m'a tout de suite fait une bonne impression, malgré son sourire un peu triste. Elle était aussi jeune et presque aussi jolie que Maman pouvait l'être avant de tomber gravement malade. Normand s'est excusé et nous a présentés, avant de demander à emprunter l'outil qu'il nous fallait. Ça n'a pas été facile pour Mme Laverdière de le trouver étant donné que son mari était absent. Elle a demandé l'aide de sa fille qui est venue nous rejoindre dans l'entrée. C'est comme ça que j'ai pu faire la connaissance de Louison.

Une Louison au regard à la fois si beau et si grave que j'en ai eu des frissons dans la nuque.

Pendant qu'eux deux jasaient, on s'est examinés longtemps sans pouvoir se délier la langue. J'ai dû baisser les yeux plusieurs fois, tellement elle m'intimidait. À la polyvalente, où je venais de terminer ma première année, j'avais déjà tendance à être gêné même avec les filles qui ne m'attirent pas spécialement. Alors pas étonnant que j'aie été dans mes petits souliers devant Louison!

Mon père, lui, n'a pas ce problème-là. Il a le tour de résumer presque toute sa vie et beaucoup de la mienne en quelques minutes. Mme Laverdière nous avait invités à entrer, mais il n'osait pas s'asseoir. Il répétait: «Bon, eh bien!, nous allons vous laisser maintenant.» Pour ensuite entamer une autre tranche de jasette.

J'ai réussi à apprendre de mon côté que Louison fréquentait l'école située au village le plus près, Saint-Xavier. J'avais une année d'avance sur elle pour ce qui est des études.

Les études, seulement. J'étais certain d'en savoir moins qu'elle sur les affaires importantes de la vie. Je ne parle pas de la meilleure manière d'engraisser les animaux ou de faire pousser les légumes. Louison ne pouvait savoir ce que c'est de perdre un de ses parents, mais j'avais l'impression qu'elle avait encore plus souffert que moi. Et contrairement à sa mère, elle ne voulait pas ou elle ne pouvait pas sourire pour faire croire que tout allait bien quand même.

Je me suis dégelé suffisamment pour prendre une initiative: j'ai invité Louison à se baigner dans notre piscine, quand elle voudrait. C'était un des nombreux petits luxes que les Laverdière ne possé-daient pas. Bien sûr, il fallait d'abord que nous l'installions, cette piscine.

On s'est échangé nos numéros de téléphone. Normand a fini par prendre congé en se rappelant qu'il avait du pain sur la planche et que la Colette Laverdière avait probablement autre chose à faire que d'écouter ses histoires. Il est revenu sur terre. Sur *sa* terre.

— Terre, terrien, Therrien: nous portons bien notre nom de famille maintenant, pas vrai p'pa?

— Oh! il y en a là-dedans!

Ses jointures ont fait «toc toc» sur ma tête qui ne chôme jamais, excepté en classe.

— Est-ce que nos nouvelles voisines te plaisent, Alain?

— Tu parles! Mais c'est dommage pour toi que Madame Laverdière ne soit pas une *Mademoiselle* Laverdière.

— Pourquoi dis-tu ça? Tu trouves que je ne sors pas assez souvent?

— Au contraire, justement!

Depuis plus d'un an que Maman était morte, mon père avait eu le temps de s'en remettre et de recommencer à fréquenter des femmes. Il sortait presque toutes les fins de semaine. Il changeait trop souvent de partenaire pour que ça devienne sérieux. Je commençais à en avoir assez de sentir des parfums différents dans l'appartement, d'entendre des petits rires sur tous les tons derrière les portes. Tard le soir, je croisais parfois des silhouettes en petite tenue qui n'avaient pas réellement de visage. Ou alors elles avaient un visage que je préférais oublier.

○

Nous avions fait un bon ménage et retapé l'essentiel. Toute la journée, Normand avait attendu mon appréciation. Mon jugement, devrais-je dire. Il prétendait avoir acheté cette maison pour moi avant tout. Même s'il se passerait encore quelques années avant que j'aie la permission d'y venir seul. Nous avions visité plusieurs propriétés en vente depuis le début de l'été, mais je n'avais manifesté de préférence pour aucune.

— Comment trouves-tu la *Ferme* finalement? m'a-t-il demandé à la fin de notre premier après-midi.

La Ferme, c'est ainsi qu'il avait baptisé notre nouveau refuge dans la vallée du Richelieu, «en hommage à son ancienne vocation agraire».

— Je crois que je vais me plaire ici. Le paysage est super avec la rivière en avant. Et le petit bois à l'arrière, au bout des champs, a l'air bien invitant. J'ai hâte d'aller m'y promener... Oui, t'as fait le meilleur choix.

C'était ce qu'il voulait entendre et je le pensais sincèrement... Depuis que j'avais rencontré Louison. Une sorte de pudeur m'empêchait de parler sérieusement à mon père de la grande émotion que j'avais ressentie.

— La piscine sera installée bientôt, m'assura-t-il. Il ne reste plus qu'à espérer du beau temps pendant tout l'été!

Nous avons dû déchanter dès le lendemain, en faisant la connaissance de M. Laverdière.

2

Un voisin peu accommodant

— **J**e veux bien vous laisser profiter de ma terre, dit Normand, mais j'ai beau ne pas y connaître grand-chose, le prix que vous m'offrez pour la récolte me paraît insuffisant!

— C'est le même montant que je versais au propriétaire avant vous, a répliqué sèchement Germain Laverdière. Je ne force personne, vous savez. Si vous préférez travailler dessus vous-même!

Ils ne s'entendaient pas du tout, ces deux-là. Ce n'était pas seulement une question d'argent, je m'en rendais bien compte.

Mon père avait appelé le voisin pour lui demander de venir faire un tour et discuter de la possibilité de signer un accord pour le blé. Ce blé maigrichon qui poussait dans notre champ à l'arrière était juste bon pour faire de la moulée destinée aux animaux. Normand n'espérait pas en obtenir grand-chose. Il n'avait ni le temps ni l'outillage nécessaire pour faire lui-même la récolte. En temps normal, il aurait été content de s'en débarrasser pour une bouchée... de pain, mais l'air bête de Laverdière l'avait mis de mauvaise humeur. Nous étions tous les trois plantés dans le champ, sous un ciel orageux.

En plus de ça, notre voisin s'était amené avec un gros doberman appelé Blackie. Quand le ton a commencé à monter entre Normand et M. Laverdière, l'animal s'est mis à gronder et à montrer les crocs.

Il aurait suffi d'un encouragement de son maître au lieu d'un «*Tranquille, Blackie!*» pour qu'il passe à l'attaque!

— Bon, affaire conclue, a dit Normand. On ne va pas s'argumenter de midi à quatorze heures pour quelques dollars... Je suppose que personne d'autre alentour ne m'offrirait davantage. Et pendant qu'on y est, pourriez-vous, moyennant un petit supplément, me débarrasser de cet affreux «squelette» qui gâche notre vue derrière? Avec une bonne scie électrique et votre tracteur, j'imagine que ça devrait être assez facile.

Normand parlait du grand arbre mort qui se trouvait à mi-chemin entre la maison et le petit bois, près du fossé qui longeait les deux propriétés. Il avait poussé de notre côté, mais une partie de ses branches noircies s'élevait au-dessus du terrain voisin. Nous n'en étions qu'à quelques pas, justement.

Germain Laverdière a froncé les sourcils et il est devenu d'aussi mauvais poil que son chien:

— L'abattre? Vous n'y pensez pas sérieusement? Cet arbre-là sert à séparer les terres. C'est un de nos ancêtres qui l'a planté là: la coutume remonte au temps de la colonie. J'aime mieux le voir debout, même mort, à la place d'une clôture qui coûte cher à construire et à entretenir!

— Qui vous parle d'ériger une clôture? corrigea doucement mon père. Ce n'est pas nécessaire avec le fossé qui s'est creusé tout le long. Il s'agit seulement d'embellir le décor.

— Je le trouve beau, moi, cet arbre-là! a répliqué Laverdière en serrant les poings. Il n'est pas question que je l'abatte!

Blackie s'est remis à gronder et à grogner de plus belle. Normand a préféré ne pas insister. J'avais hâte que Laverdière déguerpisse avec son monstre.

— Il faut quand même établir un contrat en règle pour la récolte du blé, dit mon père.

— Pourquoi un contrat? s'est offusqué le fermier. Avec Harris, l'ancien propriétaire, tout se passait à l'amiable. Il se fiait à ma parole!

— Je ne suis pas Harris. Les bons comptes font les bons amis, ne l'oublions pas.

Laverdière a signé à contrecœur. Il a ensuite refusé la poignée de main de Normand. C'est d'un pas saccadé qu'il a regagné son territoire, le doberman à ses côtés.

— Tu parles d'un caractère de cochon!

— Voyons, Alain, n'insulte pas les cochons comme ça!

— À propos, est-ce qu'il en a sur sa ferme?

— Non, je pense qu'il élève seulement des agneaux dans sa grange.Les méchouis sont très populaires dans la région. Mais ce n'est pas demain la veille que nous serons invités à sa table.

— Pourquoi il ne les sort pas, ses agneaux?

— Je suppose que c'est pour les engraisser plus vite, comme les poulets.

— Pauvres bêtes...

Quel dommage que ce Laverdière se soit montré tellement hostile, alors que sa femme et sa fille nous avaient paru si sympathiques!

La pluie a achevé de gâcher notre premier dimanche à la campagne.

L'installation de la piscine devait attendre.

○

Après le souper, Normand m'a reparlé de son projet d'abattre l'arbre. Attablés près de la fenêtre, nous le voyions s'agiter à son sommet sous les bourrasques.

— Je vais nous débarrasser de ce grand cadavre avant l'automne, je te l'assure. Découpé en rondins, il sera parfait pour alimenter un bon feu à l'extérieur si nous faisons un méchoui.

— Beurk! Pas de méchoui pour moi, après ce que tu m'as raconté sur les agneaux!

— Ou alors il servira de bois de chauffage. Il y a d'ailleurs plein d'autres affaires à brûler dans la cave. Harris a dû être trop pressé de déménager pour pouvoir emporter toutes ses cochonneries... Je ferai un gros ménage à la première occasion. D'ici là, je préfère que tu n'ailles pas en bas, Alain.

— Il y a des matières dangereuses? ai-je demandé spontanément.

Mon père a réfléchi puis acquiescé. Comme si ma question avait amené chez lui une prise de conscience de l'importance du danger.

— En quelque sorte, oui. Surtout pour un enfant. Tu me donnes ta parole que tu ne mettras pas les pieds dans cette cave, Alain?

— Promis.

Fallait que ce soit important pour que Normand me demande ma parole d'honneur. Il m'arrivait de désobéir parfois, mais jamais je n'avais manqué à une promesse.

Tout de même, j'aurais bien aimé savoir ce qu'il y avait de si terrible pour moi parmi les objets laissés dans ce sous-sol!

3

Le fossé

Mon père devait travailler très fort pour payer notre nouvelle maison de campagne et tout le reste. Durant la semaine qui a suivi notre prise de possession, je me suis presque ennuyé de la polyvalente tellement je ne trouvais rien à faire à Montréal. J'étais privé de la compagnie de mes amis qui passaient la majeure partie de l'été dans une colonie de vacances ou chez des parents, à l'extérieur de la ville. Une de mes tantes venait passer une partie de la journée à l'appartement et m'aidait à préparer les repas, ou alors je me rendais chez elle. Normand rentrait tard le soir, après le souper. Il était alors fatigué et peu bavard.

J'avais donc hâte au vendredi soir pour retourner avec lui sur le bord du Richelieu. Hâte de retrouver ma jolie voisine. J'avais souvent repensé à ma première rencontre avec Louison et je l'imaginais déjà en train de se baigner avec moi, de se promener dans les bois. J'avais l'ambition de devenir véritablement son ami.

○

Normand a commencé à se détendre passé le tunnel Hippolyte-Lafontaine. Mais ses mains restaient encore crispées sur le volant à cause des trous et des bosses sur l'autoroute (les ravages causés par les camions trop lourds, paraît-il). C'est seulement une fois rendu à la hauteur du mont Beloeil, sur la route 223 qui longe la rivière jusqu'à Sorel, qu'il a relâché l'accélérateur pour redevenir l'heureux propriétaire de *La Ferme*. Ce n'est pas facile pour lui de décompresser et d'oublier ses tracasseries professionnelles.

Nous sommes arrêtés à Saint-Xavier pour faire quelques achats. Des produits d'épicerie et des «clous de cercueil»: mon père n'a pas encore réussi à arrêter de fumer, c'est son pire défaut.

Normand s'est mis à me parler du riche passé historique de ce petit village. De nombreux bâtiments anciens et des monuments plus récents témoignent de l'esprit patriotique qui animait nos ancêtres de la région. J'ai appris que les «Fils de la Liberté», comme on les appelait à l'époque, étaient nés du refus de l'Angleterre d'assouplir et d'assainir le régime imposé aux Canadiens français depuis la Conquête de 1760. Ils avaient été à l'origine de plusieurs rébellions sanglantes dans les villages de Saint-Charles, de Saint-Ours et de Saint-Antoine-sur-le-Richelieu. La fameuse révolte des Patriotes de 1837 s'était déroulée précisément à Saint-Denis, situé sur l'autre rive, près de notre maison.

Ces événements tragiques imprégnaient toujours les lieux, au dire de mon père. Et il s'y montrait particulièrement sensible à cause de ses idées nationalistes. Il avait lui-même milité pour l'indépendance du Québec dans sa jeunesse. Ce rappel d'un passé héroïque, selon son expression, avait compté pour beaucoup dans sa décision d'acheter une résidence secondaire dans la vallée du Richelieu.

En écoutant ses explications, je me suis senti devenir un peu patriote, moi aussi, et plus attaché à *La Ferme*.

— Nous devons être fiers de faire partie de l'une des rares communautés francophones qui subsistent en Amérique, a conclu mon père.

— Pourtant, ce serait tellement plus simple de faire comme tous les autres et de parler anglais! Est-ce parce que nous aimons nous compliquer la vie?

Je savais déjà ce que Normand allait me répondre. Je voulais voir la passion l'animer une fois encore. Il rajeunissait alors de vingt ans:

— La beauté réside dans la différence, Alain! Nous sommes un petit peuple, mais notre culture étonne le monde entier. Nous apportons une contribution inestimable à la vaste mosaïque humaine de ce continent. Si nos voisins anglophones pouvaient enfin comprendre et admettre cela, ils nous respecteraient davantage, crois-moi.

— Comme tu es convaincant, p'pa! Pourquoi ne t'es-tu jamais lancé en politique?

Il n'a pas aimé ma question, même si c'était pour blaguer. Son visage s'est fermé tout à coup et il y a eu un petit froid entre nous jusqu'à l'apparition de *La Ferme*.

○

Il faisait un temps splendide le samedi matin, mais mon père avait d'autres priorités que l'installation de la piscine. Sans rechigner, je l'ai aidé à réparer un tas de trucs et à repeindre le salon et la cuisine. Les pièces à l'étage pouvaient attendre jusqu'à l'année prochaine.

La maison commençait à devenir vraiment attrayante. Un plombier du village est venu installer un nouveau robinet; l'ouvrier qui l'accompagnait s'est occupé de rafistoler le toit. Ils se sont fait payer «sous la table», puis bonjour la visite!

Normand tenait à exécuter lui-même la plupart des travaux pour économiser tout en exerçant ses talents manuels. Et, comme il disait bien, cela nous donnait l'occasion de faire des choses utiles ensemble. Plus tard, nous pourrions nous la couler douce et profiter pleinement des avantages du site. Nous aurions amplement le temps de nous baigner, seuls ou avec de la visite, promettait-il.

Après le dîner, j'ai eu droit à un répit pendant qu'il faisait une sieste. J'ai vu notre voisine, Colette Laverdière, sortir sur le balcon arrière et étendre du linge sur la corde. Elle m'a salué. Je me suis demandé si sa fille était à la maison et à quoi elle s'occupait. Le culot me manquait pour aller m'informer. Je n'avais encore rien de plus intéressant à offrir à Louison qu'une promenade aux alentours.

J'ai marché en solitaire jusqu'au bout du champ de mauvais blé, qui me montait à peine aux chevilles.

Dans le petit boisé, rempli de bonnes odeurs, on n'entendait pas un son à part le chant des oiseaux et les cris des corneilles. Très vite, j'ai atteint une clôture en piteux état qui marquait la limite de notre propriété. Je suis revenu sagement sur mes pas en mâchonnant une de ces grandes herbes qui chatouillent le gosier.

Une belle surprise m'attendait dans le champ: Louison était sortie et venait à ma rencontre!

Elle m'a fait un signe de reconnaissance et j'ai accéléré le pas. Je ne voulais pas courir en ayant l'air de me jeter à ses pieds, mais ça me faisait formidablement plaisir de la revoir — seul à seule en plus. Nous nous sommes rejoints au beau milieu du champ, mais en restant de chaque côté du fossé qui séparait les deux propriétés. L'arbre mort se dressait près de nous avec son ombre coupante sur l'étendue de blé en herbe. Le fossé n'était pas un obstacle réel, physique je veux dire, mais il faisait figure de frontière. Nous n'osions pas le franchir.

Comme la première fois, Louison m'a remué les tripes avec sa manière si particulière de me regarder. J'avais l'impression que ce genre de regard ne pouvait s'adresser à personne d'autre qu'à moi, Alain Therrien. Une partie de son visage semblait vouloir sourire, alors que sa bouche restait figée. J'ai remarqué, dans la lumière intense du soleil, une légère bosse sur son front et une éraflure sur sa joue.

— Maman m'a avertie que t'étais dehors, commença-t-elle.

— As-tu passé une bonne semaine, Louison? Dis-moi, qu'est-ce que tu as au visage?

Elle a ramené une mèche sur son front, avec un air embarrassé.

— Oh! ça paraît beaucoup? Je me suis cognée contre un cadre de porte dans le noir.

Sur le coup, j'ai presque ri du petit accident. Ça ressemblait à une scène de vieux film comique où un personnage tombe sur le derrière après avoir glissé sur une pelure de banane. En y repensant par la suite, j'ai trouvé étrange qu'une fille se cogne, la nuit, dans une maison qu'elle habitait probablement depuis sa naissance.

— Veux-tu venir de mon côté? ai-je proposé à Louison en lui tendant la main. Ou préfères-tu que ce soit moi qui saute le fossé pour te rejoindre?

Je voulais la sentir tout près de moi.

— Non, il vaut mieux pas, Alain. Je n'ai pas la permission.

— Qui t'empêche donc de le faire? Il n'y a pas de mal à...

Nous avons alors entendu une grosse voix tonner du balcon arrière. C'était Germain Laverdière qui appelait sa fille unique. Il avait l'air en colère.

— Faut que j'y aille maintenant...

Ma jeune voisine tardait quand même à obéir. Elle paraissait chercher ses mots pour me faire un aveu important avant de partir. Lentement, nous avons amorcé un retour vers nos maisons respectives. Trop lentement, au goût de Laverdière.

Soudain une masse noire est apparue, grossissant à chaque seconde. Surgi on ne sait d'où, Blackie courait vers nous. Il fonçait sur moi, pour être exact, avec les yeux exorbités, brillants de rage, et les crocs luisants de bave. Il allait sauter par-dessus le fossé et me mettre en pièces! Je n'ai jamais eu aussi peur de ma vie. J'étais pourtant incapable de bouger — paralysé de la tête aux pieds! Louison a vainement essayé de freiner Blackie en criant son nom. À l'approche du chien, elle a même amorcé un mouvement pour s'interposer. Puis la voix puissante du maître a retenti jusqu'à nous:

— STOP, BLACKIE, STOP!

Le chien s'est immobilisé tout de suite. Encore une couple de secondes et il était trop tard. Ce fou de Laverdière avait pris un malin plaisir à me terroriser!

Louison s'éloignait avec regret en compagnie du molosse qui reprenait son haleine.

— Comme tu es courageux! a-t-elle dit avec douceur. Tu n'as pas fui devant le danger. Méfie-toi de Blackie, Alain: il considère encore votre terrain comme *son* territoire.

— Comment ça se fait?

— Il appartenait à l'ex-propriétaire, expliqua-t-elle sur un ton confidentiel. Mon père l'a reçu en cadeau lorsque Harris est parti. Si on peut appeler ça un cadeau!

Elle a esquissé un sourire désolé. Pour me montrer digne de son admiration, je me suis efforcé de maîtriser le tremblement de mes jambes en regagnant *La Ferme*.

4

Géraldine Doyon

Ce n'est pas parce que nous passions maintenant nos fins de semaine à la campagne que mon père avait renoncé à sortir le samedi soir. Il comptait tout simplement se faire de nouvelles amies dans la région. Après le souper, il a commencé à «se pomponner» et à s'inonder d'eau de Cologne en vue d'une «petite soirée de détente bien méritée» à *L'Escale*. Il s'agit d'un bateau-théâtre amarré en permanence sur le bord du Richelieu, à proximité de *La Ferme*.

Mais, détail embêtant, il n'y avait pas de tante pour me garder à Saint-Xavier. J'ai joué les innocents:

— Pourquoi ne m'emmènes-tu pas avec toi alors? Ça réglerait le problème! C'est une comédie pour toute la famille qu'on présente à *L'Escale*, non?

— Tu aurais de la difficulté à bien voir la scène, Alain. Ce soir, la salle sera remplie d'adultes. Ce n'est pas comme les matinées au cinéma! Et puis je risque de rentrer assez tard...

Il me trouvait surtout trop encombrant pour ses projets galants après la représentation. Il s'imaginait sûrement qu'il y aurait là plein de belles femmes seules qui ne demanderaient pas mieux que de lui tomber dans les bras! J'espérais au moins qu'il ne ramènerait pas n'importe quelle inconnue dans son lit, comme en ville.

— Nous devons donc faire l'essai d'une nouvelle gardienne, reprit mon père.

— Tu pourrais économiser ton argent. À douze ans, je commence à être assez grand pour me garder seul, il me semble.

— Pas encore, Alain. Je me ferais du mauvais sang, surtout en pleine campagne, dans une nouvelle demeure. L'année prochaine, peut-être... J'avais pensé demander à Mme Laverdière, notre voisine. Elle et sa fille nous ont fait une si bonne impression. Mais nos relations avec son mari sont trop tendues. L'incident survenu au cours de ta promenade de cet après-midi ne fait qu'empirer la situation. Ce type-là me paraît aussi dangereux que son chien. Tu dois t'en tenir éloigné le plus possible, Alain, jusqu'à ce qu'on puisse y mettre de l'ordre.

— Comme pour la cave, quoi!

— Exactement. Tu te souviens de ta promesse, n'est-ce pas?

— Oui, oui. Qui as-tu demandé finalement pour me garder? Tu ne vas pas confier ton fils préféré à n'importe qui, hein?

— Au contraire, tu auras droit à une véritable perle, s'il faut en croire le curé de Saint-Xavier que j'ai appelé après ma sieste.

— Le curé? Je ne croyais pas que tu fréquentais ce monde-là. Nous n'allons même pas à la messe le dimanche!

— Oui, mais pour ce genre de service, le presbytère demeure la meilleure ressource quand on est nouvellement arrivé dans une région. Surtout en milieu rural. Le curé ne tarit pas d'éloges sur la gardienne en question. Je suis sûr que tu vas passer une excellente soirée.

— Pas autant que toi, c'est certain.

— Et, de grâce, ne va surtout pas lui dire que nous n'allons jamais à la messe. Tu es quand même assez grand pour savoir que toute vérité n'est pas toujours bonne à dire.

Belle mentalité!

○

Mlle Géraldine Doyon était une institutrice à la retraite encore très active malgré ses soixante-neuf ans. Elle était présidente des Filles d'Isabelle, responsable de plusieurs œuvres de bienfaisance au village et... cousine de monsieur le curé.

Une fois mon père parti, elle a commencé à me bombarder de questions sur nous et notre nouvelle maison. Est-ce que je réussissais bien à l'école, comment je trouvais la place, qu'est-ce que faisait mon père dans la vie, et cetera. Plus curieuse que ça, tu meurs!

Mlle Doyon cherchait peut-être à se montrer aimable en me faisant la conversation, mais elle m'embêtait plus qu'autre chose. Sans compter qu'elle n'était pas spécialement agréable à regarder avec sa face toute ridée, son chignon gris, sa robe ancienne, de couleur foncée — beaucoup trop chaude pour la saison.

Je n'ai pas l'habitude de faire attention à ce genre de détail, mais je pouvais difficilement faire autrement avec cette gardienne qui se prenait pour mon ange gardien. Assise au salon avec moi, avec un gros bouquin, elle ne voulait pas me laisser regarder la télévision en paix.

— La lecture est tellement plus instructive et formatrice pour l'esprit, mon garçon. Pourquoi ne te plonges-tu pas dans un bon livre, comme moi?

— Je n'ai que des albums de bande dessinée, Madame.

— Appelle-moi Mademoiselle, s'il te plaît. J'aurais dû t'apporter quelques ouvrages profitables pour la jeunesse, ce n'est pas ce qui me manque.

Elle ne comprenait pas que je n'avais pas le goût de m'instruire ce soir-là. Les samedis soirs sont faits pour s'amuser sans se fatiguer les méninges. Mon père ne s'en privait pas, lui!

Mlle Doyon commençait à me casser les pieds pour tout dire. J'avais déjà pris la décision de demander à Normand de me trouver quelqu'un d'autre la prochaine fois. De nous deux, c'est elle qui semblait avoir le plus besoin d'attention. Tout de suite après une pause publicitaire dans le film que j'essayais de suivre, ma gardienne m'a demandé:

— Ton père était bien pressé de partir tantôt. Il ne m'a même pas indiqué où est la chambre d'amis.

— C'est à l'étage, à droite en rentrant. Vous pouvez aller vous y reposer n'importe quand. Il y a de bonnes chances pour que mon père rentre très tard. Vous pouvez aussi visiter le reste de la maison, si ça vous chante. Mais je ne vous conseille pas de mettre le nez dans ma chambre, à cause du désordre! En bas, c'est un sous-sol non fini rempli de cochonneries. Mon père m'a défendu d'y aller parce qu'il y a des matières dangereuses.

— Des matières *dangereuses*, dis-tu?

J'avais trop parlé, encore une fois. Mlle Doyon m'a questionné de plus belle. J'aurais pu lui dire que ces produits dangereux nous avaient été laissés par l'ancien proprio, le dénommé Harris. J'aurais *dû* le préciser même, mais je ne me rendais pas compte que cela pouvait avoir de l'importance. Je préférais changer de sujet. Le nom que Normand avait donné à notre maison me convenait parfaitement dans ce genre de situation: *La Ferme*...

Mlle Doyon n'a pas insisté et elle a fait le tour de la maison, toute seule. Je n'ai plus repensé à cette histoire de sous-sol.

○

Quand la vieille demoiselle est revenue s'installer au salon, je lui ai trouvé un air bizarre. Je veux dire: encore plus bizarre que son air naturel. Elle m'a encore questionné sur Normand et sur mes relations avec lui. J'avais beau lui dire que tout allait bien entre nous, elle semblait s'inquiéter de mon sort.

À dix heures, je suis allé prendre une collation à la cuisine avant de monter à ma chambre. Je n'ai pas l'habitude de me coucher si tôt un samedi soir; c'était évidemment pour fuir ma gardienne.

Dans l'escalier, je l'ai entendue qui marmonnait:

— Pauvre enfant, si ce n'est pas malheureux!

J'étais convaincu que Mlle Doyon travaillait du chapeau.

5

Au nom de la loi

Je me suis éveillé assez tôt le dimanche, contrairement à mes habitudes. Le beau temps se poursuivait et j'avais confiance de pouvoir convaincre mon père d'installer la piscine. C'était mon meilleur prétexte pour inviter Louison. Sans son père ni son chien, de préférence...

À mon grand soulagement, Géraldine Doyon était déjà repartie. Normand était rentré aux petites heures du matin. Il dormait encore à poings fermés, et tout seul. Il n'avait pas ramené de «conquête».

Sur la table de la cuisine, j'ai trouvé un livre laissé par Mlle Doyon. C'était une édition en format de poche de la Bible, avec un billet à mon intention:

Alain,
Je te conseille cette lecture pour le salut de ton âme.
En ce qui concerne ton père, je crois qu'il est déjà trop tard.

Géraldine Doyon

Je ne savais trop quoi en penser. Mlle Doyon pouvait-elle travailler du chapeau au point d'écrire n'importe quoi?

En prenant mon déjeuner, j'ai repensé à toutes les questions étranges qu'elle m'avait posées. À son inquiétude aussi, quand j'avais parlé des matières dangereuses au sous-sol. Je commençais à me demander sérieusement de quoi il s'agissait. Ma gardienne d'un soir en savait probablement plus que moi. C'était frustrant.

La curiosité me démangeait d'autant plus qu'il n'y avait rien à faire de spécial en attendant que mon père soit debout. Et il allait paresser au moins jusqu'à midi.

J'avais à peine jeté un coup d'œil dans cette cave depuis notre arrivée; elle m'attirait maintenant comme une grotte aux trésors. Normand n'y avait presque rien rangé à ma connaissance. Nous avions amplement d'espace dans l'ancien poulailler transformé en remise, à l'arrière de la maison.

D'accord, j'avais promis de ne pas y mettre les pieds, mais cela me laissait la liberté de descendre et d'observer. Du moment que je demeurais dans l'escalier...

C'est ce que j'ai fait, sur la pointe des pieds.

Heureusement qu'il entrait un peu de lumière du jour parce que la lampe éclairait à peine. De mon poste d'observation, sur les marches, j'avais tout de même une bonne vue d'ensemble sur le bric-à-brac. Des armoires, des étagères en métal, quelques boîtes traînant par terre.

Où se trouvaient donc ces choses terribles qui pouvaient compromettre la sécurité des gens, et des enfants en particulier ? S'agissait-il de produits toxiques ou inflammables? Normand projetait justement de les brûler pour s'en débarrasser. Mais pourquoi était-il si gêné d'en parler? Je devais lutter contre l'envie d'aller fouiller dans tout ça pour éclaircir le mystère. Une promesse, c'est une promesse!

Un bruit en provenance du coin le plus obscur m'a fait sursauter. Est-ce que notre sous-sol abritait une créature monstrueuse? Une bête féroce ou un criminel en fuite? Pendant quelques secondes interminables, j'ai senti une demi-douzaine de serpents glacés gigoter dans mon dos et dix mille sangsues se sont mises à me sucer la peau du visage. Je n'aurais pas été autrement surpris de voir le doberman des Laverdière me sauter dessus, la gueule écumante de rage!

La vraie panique pour... un inoffensif mulot qui a déguerpi à travers le soupirail brisé!

Je suis remonté bredouille, mais fier d'avoir tenu ma parole.

○

— Bonjour, mon garçon. Ton père est-il à la maison?

L'homme à qui je venais d'ouvrir avait lui aussi cette manie fatigante d'appeler les jeunes «mon» ceci ou «mon» cela, en se donnant un air protecteur. Mais ce n'était pas le moment de rouspéter: j'avais affaire à un policier. Un autre attendait debout près de la voiture dans l'entrée de *La Ferme*. C'était écrit sur la carrosserie: SÛRETÉ DU QUÉBEC.

— Oui, m'sieur... l'agent. Mon père est là. Je ne dois pas l'empêcher de faire la grasse matinée le dimanche, ça le rend furieux.

— Il faut le réveiller tout de suite, mon garçon. Nous devons lui parler. Nous te protégerons de sa colère au besoin.

Sans plus discuter, je suis allé sortir mon père du lit. Papa ne voulait rien savoir parce qu'il ne passait même pas onze heures. Il croyait à une mauvaise blague. C'est la voix des policiers, entrés dans l'intervalle, qui l'a convaincu du sérieux de l'affaire.

— Monsieur Normand Therrien? Nous avons un mandat de perquisition.

— Un quoi?

Le policier montra un papier d'allure très officielle.

— Une plainte a été déposée contre vous parce que vous posséderiez de... des matières dangereuses et illicites.

Papa n'en revenait pas. Il devait croire lui aussi que ces choses-là n'arrivent qu'au cinéma.

— Qui a déposé cette plainte?

— L'information doit demeurer confidentielle pour l'instant.

Je n'ai pas eu le temps de poser des questions à mon tour pour en savoir plus: un des policiers est descendu à la cave et il est remonté presque aussitôt en tenant dans chaque main, à la manière de trophées, un sac vert bien rempli.

— Ce ne sont pas les pièces à conviction qui manquent! qu'il a lancé avec un grand sourire.

— Vous devez nous suivre au poste, Monsieur Therrien.

— Allons donc! s'est impatienté mon père. Si c'est ce que je pense, vous nagez dans l'erreur judiciaire, Messieurs! Il s'agit d'un regrettable malentendu.

— C'est ce que nous verrons. Préférez-vous emmener votre fils ou le faire garder jusqu'à votre retour? Ça risque d'être long, je vous préviens...

Papa a décidé de m'emmener. Il n'était sûrement pas pour rappeler Mlle Doyon. D'ailleurs mon petit doigt me disait que tout ce qui nous tombait dessus était un peu, beaucoup de sa faute.

En prenant place dans la voiture des policiers, comme des criminels, nous avons aperçu M. Laverdière dans son champ. Vêtu tout en noir, notre voisin se tenait debout, bien droit, en compagnie de Blackie. Il regardait la scène sans réagir. Avec l'arbre mort dressé à ses côtés, on aurait dit un épouvantail. Puis il a enlevé lentement sa casquette, comme pour un dernier salut à un enterrement. J'ai pensé au cimetière de Côte-des-Neiges où repose ma mère.

○

En présence des policiers, nous n'avons pas échangé un seul mot du trajet. J'ai été séparé de mon père tout de suite en arrivant au poste de la Sûreté du Québec.

Pendant deux longues heures, j'ai poireauté dans la salle d'attente.

Tous les gens qui ne portent pas un uniforme ont l'air louche dans un poste de police, à plus forte raison le dimanche. Les hommes ont la barbe mal rasée; les femmes ne sont pas bien maquillées ni coiffées. On dirait que l'un vient d'être fouillé de fond en comble, que l'autre va se faire tirer le portrait et les empreintes digitales pour son dossier. Pourtant, la plupart des visiteurs sont, comme moi, seulement des parents ou des amis de suspects; des parents ou des amis de victimes aussi.

Seuls les policiers avaient l'air joyeux. Ils parlaient fort en traversant le hall d'entrée. Je n'arrêtais pas de les questionner pour savoir ce que devenait Normand et ce qu'on lui reprochait au juste.

— Le lieutenant Ménard l'interroge pour les besoins de l'enquête. Ton tour viendra, sois patient.

— Qu'est-ce qu'il y avait de si terrible dans notre cave?

— Tu l'ignorais vraiment? Nous ne pouvons t'en dire plus pour l'instant.

Ils me regardaient tous avec une expression embarrassée qui me rappelait celle de Mlle Doyon, la veille.

C'était un vrai calvaire d'attendre dans ces conditions-là. Mon imagination délirait. Et si ces policiers étaient en train de torturer mon père pour lui arracher des aveux? Cela arrivait souvent dans d'autres pays!

Normand est revenu sain et sauf, l'air simplement écœuré, et je suis allé à mon tour faire une déposition dans le bureau du lieutenant-détective Ménard.

Ça m'a rassuré de voir un policier habillé en civil. Je lui ai raconté toute la vérité, de A à Z. En mélangeant un peu les détails à cause de ma nervosité. Il a semblé très bien comprendre l'essentiel, à savoir que les mystérieuses matières dangereuses se trouvaient à *La Ferme* avant notre arrivée. Il n'y avait donc pas de raison d'accuser mon père de quoi que ce soit!

Le lieutenant Ménard souriait en m'écoutant. J'ai pensé que c'était grâce à ma déclaration qu'il nous a laissés repartir. Il s'est même offert à nous reconduire, en précisant qu'il était interdit de fumer dans sa voiture. Normand a préféré appeler un taxi.

J'ai compris un peu plus tard qu'il s'agissait seulement d'un sursis.

6

La révélation

Dès qu'il s'est retrouvé seul avec moi, à *La Ferme*, mon père m'a expliqué que ses démêlés avec la justice pourraient se compliquer et entraîner de graves conséquences. Tout dépendait des résultats de l'enquête menée par le lieutenant Ménard.

— La police ne peut se fier uniquement à ta parole, Alain. N'importe quel enfant dans une telle situation chercherait à protéger son père en mettant la faute sur le dos du précédent proprié-taire. Ah! tu n'aurais jamais dû alarmer Mademoiselle Doyon en parlant de choses dangereuses au sous-sol. Elle m'a mis dans un sacré pétrin en portant plainte!

— C'est toi qui m'a d'abord alarmé avec ton interdiction de descendre à la cave, p'pa. En me faisant jurer, par-dessus le marché. Et je ne sais toujours pas de quelles choses il s'agit exactement! Vas-tu me le dire à la fin?

— Le sujet est tellement délicat, je me demande comment l'aborder... Je sais pourtant que tu es en âge de comprendre... Peut-être même que rien de tout cela ne serait arrivé si je t'avais expliqué dès le départ. Si je t'avais fait davantage confiance.

— Je t'en prie, p'pa, cesse de tourner autour du pot!

— Eh bien!, voilà... Harris a oublié dans le sous-sol de *La Ferme* des revues que l'on peut qualifier de pornographiques. Il en a laissé suffisamment pour que la police, après sa perquisition, en déduise que le propriétaire des lieux en faisait le commerce. Harris était de toute évidence mêlé de près à la distribution ou même à la fabrication de cette marchandise vendue au marché noir. Parce que j'ai négligé de m'en débarrasser ou de prévenir la police dès notre arrivée, c'est sur moi que les soupçons sont tombés. Je risque de payer très cher ma négligence, Alain.

À première vue, il n'y avait rien de menaçant là-dedans. Je ne comprenais pas encore la gravité de la situation. J'ai répliqué avec insouciance:

— Pourquoi faire autant d'histoires pour des revues cochonnes? Il y en a partout, même au dépanneur du village!

— Il ne s'agit pas ici de publications légales et relativement inoffensives pour des adultes avertis. Ce sont des choses bien pires que tout ce que tu peux imaginer. Le lieutenant Ménard m'a prévenu que la justice locale serait impitoyable si je n'arrivais pas à prouver mon innocence.

— Que vas-tu faire, p'pa?

— Engager le meilleur avocat de la région pour assurer ma défense, mon garçon.

J'étais content de l'entendre m'appeler *son* garçon et d'avoir à le réconforter à mon tour. Pour la première fois de ma vie, je sentais qu'il avait besoin de moi. J'étais bien décidé à me battre à ses côtés contre la Sûreté du Québec en entier s'il le fallait.

— Nous allons faire équipe ensemble, p'pa. Tu vas voir qu'on va s'en sortir dans pas grand temps!

— Pour l'instant, que dirais-tu d'installer cette fameuse piscine? Ça nous reposerait de toutes ces émotions, il me semble.

Chez maître Legault

— Je ne vous cacherai pas que votre cause sera ardue à défendre, Monsieur Therrien. Tout semble se liguer contre vous!

Mon père avait choisi un avocat du village de Saint-Xavier. C'était un grand type très maigre et à la voix caverneuse. Il portait une grosse moustache noire à la Georges Brassens, le chanteur favori de Normand. Son bureau au mobilier vieillot était encombré de plusieurs animaux empaillés, placés sur des socles ou accrochés aux murs: cerf, faucon, renard à la gueule ouverte. Maître Legault devait adorer la chasse et la taxidermie. Moi, j'aurais bien aimé voir Blackie à la place de ces pauvres bêtes innocentes.

— Vous ne pouviez pas plus mal tomber avec Mlle Doyon comme gardienne, insistait l'avocat. C'est un modèle de vertu, qui jouit d'une influence considérable dans le village. Sa plainte a rapidement été entendue en haut lieu, avec le résultat fâcheux que l'on connaît. Si jamais l'affaire s'ébruite, toute la communauté de Saint-Xavier se liguera contre vous. Vous auriez dû brûler immédiatement tous ces imprimés compromettants à défaut d'avertir les autorités!

Mon père encaissait en serrant les bras de son fauteuil. C'était à son tour de s'entendre reprocher son étourderie. Son orgueil en prenait un coup. En plus, il était obligé de s'absenter du bureau pour rencontrer maître Legault. Il a répliqué, en manière d'excuse:

— Qui aurait pensé que cette gardienne bigote s'amuserait à fouiller le sous-sol? Elle n'avait rien à faire là, la fouineuse!

61

— Gardez-vous d'user de tels qualificatifs à l'endroit de la plaignante si jamais l'affaire se rend jusqu'en cour! a averti maître Legault. Le juge risquerait de considérer vos injures comme une preuve de mépris de votre part à l'égard d'une communauté rurale demeurée en majeure partie catholique et pratiquante. Une communauté soucieuse de préserver l'intégrité morale de ses membres. Vous passeriez pour un libertin dénué de principes au lieu d'un brave père de famille. Comment pourriez-vous prétendre ensuite être le premier à condamner les obscénités découvertes dans votre sous-sol?

Normand a acquiescé, honteux d'avoir été pris en flagrant délit de contradiction. Je souffrais pour lui. L'avocat a mis ses moitiés de lunettes de presbyte pour retrouver un document sur son bureau.

— En outre, Géraldine Doyon affirme, dans sa déposition, avoir été inquiétée par le fait que vous ayez mis votre fils en garde contre un danger potentiel au sous-sol. Elle a inspecté l'endroit afin de s'assurer qu'il ne s'y trouvait rien qui puisse compromettre la sécurité du logis, en ce qui a trait au risque d'incendie notamment. Son initiative était donc justifiée, louable même.

Normand a agrippé un coin du bureau de maître Legault en formulant son plus grand espoir:

— Et Harris? Avez-vous pu le retracer et découvrir quelque chose d'intéressant à son sujet? Ce ne peut être que lui, le coupable!

— John Harris, ex-propriétaire de votre maison à Saint-Xavier, est un brasseur d'affaires mal définies, mais qui a su s'éviter tout démêlé judiciaire, exception faite de plusieurs billets de contravention impayés qui lui ont déjà valu la pose d'un sabot de Denver... Bref, rien d'incriminant en ce qui nous concerne.

— En le questionnant à fond au tribunal, vous devriez être capable de lui tirer les vers du nez, fit remarquer papa. Un bon avocat sait prendre au piège les témoins qui mentent, non?

— Encore faudrait-il que Monsieur Harris soit sommé de comparaître à votre procès, dit l'avocat en lissant sa moustache. Rien ne l'y obligera parce qu'aucune présomption sérieuse ne pèse contre lui. N'oubliez pas qu'en regard de la loi de ce pays, Monsieur Therrien, vous êtes devenu le *seul* responsable de tout ce qui se trouvait à l'intérieur de votre propriété à partir de l'instant où vous y avez aménagé. De plus, contrairement à John Harris, votre passé n'est pas irréprochable...

— Vous avez donc découvert mes petites erreurs de jeunesse? a constaté papa en rougissant à vue d'œil.

— Elles pourraient s'avérer extrêmement préjudiciables si le procureur les portait à la connaissance du juge dans l'affaire qui nous occupe.

Mon père ne m'avait jamais parlé de ses démêlés avec la justice. En se rendant compte de mon ignorance, maître Legault s'est absenté de la pièce pour nous laisser seuls deux minutes.

Normand est allé se planter devant la fenêtre pour rassembler ses idées; je l'ai suivi en silence. J'attendais des éclaircissements.

○

— Je ne pensais pas que ce serait nécessaire de te mettre au courant, Alain. Mon engagement politique m'a effectivement poussé à commettre des gestes regrettables. À vingt ans, j'ai été membre du Front de Libération du Québec, un groupe de pression politique. À cette époque, l'idée d'indépendance n'était pas très populaire. Nous voulions sensibiliser l'opinion publique et exercer des pressions sur les autorités en place. Nos moyens étaient à la fois limités et excessifs. J'ai été arrêté une fois lors d'une manifestation houleuse. Rien de bien grave en soi, rassure-toi. Nous faisions plus de bruit que de mal!

Le cabinet de l'avocat était situé à l'étage et la fenêtre nous donnait à voir une série de toitures en pignons, surmontées du clocher de l'église. Saint-Xavier était un beau village paisible, dont j'avais un peu peur maintenant. Normand a continué de parler sans oser me regarder.

— Quand, en 1970, le gouvernement fédéral a mis en application la Loi des mesures de guerre pour mater une insurrection appréhendée, j'ai été un des premiers arrêtés. On m'a relâché deux jours plus tard, mais mon nom doit être resté fiché dans les dossiers de tous les corps de police du pays. C'est comme une dette impossible à effacer, même une fois remboursée, et qui t'empêche d'obtenir du crédit au moment où tu en as le plus besoin.

— T'es comme un patriote alors, p'pa?

— C'est un trop grand compliment que tu me fais là, Alain. J'étais étourdi et extrémiste. Je sais à présent que la solution à nos problèmes doit passer par les voies démocratiques existantes. Nos ancêtres de 1837 n'avaient pas cette possibilité, eux.

○

J'étais quand même plutôt fier de lui. Il avait du cœur au ventre, mon père. Il voulait faire avancer les choses un peu trop vite dans sa folle jeunesse, c'est tout. J'étais plus que jamais décidé à me battre pour laver la réputation des Therrien.

Encouragé par mon appui, Normand était de nouveau d'attaque au retour de l'avocat:

— Quelle est selon vous la meilleure façon de sortir de ce bourbier, Maître Legault?

— Pour l'instant, je ne vois qu'une issue: arrangez-vous pour parler calmement avec Géraldine Doyon et la persuader de votre innocence.

La réponse avait fusé, toute prête, comme une douche froide.

— Est-ce qu'elle retirera alors sa plainte contre moi?

— Non, car seul le procureur a le pouvoir de faire casser une plainte une fois que le processus judiciaire est amorcé, a précisé l'avocat. Il reste que le changement d'opinion de Mlle Doyon, en se répercutant dans l'opinion publique, détruirait la présomption de culpabilité qui pèse contre vous en ce moment. Les soupçons se porteront vers Harris, mais je doute que l'on réussisse à le coincer, faute de preuves. En l'absence de nouveaux éléments, l'enquête piétinera. Il y aura un non-lieu ou encore un acquittement, si le témoignage de

Géraldine Doyon ne vous est pas trop défavorable. Le dossier sera fermé et tout le monde finira par oublier l'incident.

Normand ne manifestait pas beaucoup d'enthousiasme, c'est le moins qu'on puisse dire.

— Je doute que la démarche que vous proposez donne les résultats escomptés, Maître. Et puis je me vois mal me traîner aux pieds de cette... de celle-là même qui est la cause de tous mes ennuis! Non, vraiment, c'est impensable!

L'avocat écarta les bras en signe d'impuissance.

— À votre guise, si vous vous sentez des dispositions pour la prison. Au mieux, vous écoperez d'une amende substantielle et d'une entorse permanente à votre réputation dans le comté!

Le lieutenant Ménard joue les fins renards

Le samedi suivant, le lieutenant Ménard s'est pointé de bonne heure à *La Ferme*. Normand dormait encore. Je prenais du soleil sur le balcon avant en admirant la rivière qui, au début et à la fin d'une belle journée, vire toujours au bleu foncé, scintillant.

Le policier n'a pas claqué sa portière en descendant et il s'est adressé à moi sur un ton amical. Le fait qu'il ne portait pas d'uniforme me mettait en confiance, comme la première fois que j'avais répondu à ses questions, au poste. Son sourire, surtout, lui donnait un air rassurant.

— Ton père fait encore la grasse matinée?

— Comment avez-vous deviné, Monsieur?

— Ça semble être une habitude chez lui durant la fin de semaine. Mes collègues l'ont sorti du lit l'autre jour, n'est-ce pas?

— Oui. C'est pire le dimanche habituellement, à cause de sa sortie la veille. Voulez-vous lui parler?

— Ce n'est pas nécessaire de le déranger. Je passais dans le coin et je me suis dit: pourquoi ne pas en profiter pour prendre des nouvelles du jeune Therrien?

Le lieutenant Ménard s'est appuyé sur sa voiture banalisée, fraîchement lavée, en croisant ses gros bras d'athlète.

— En parcourant ce rapport, j'ai noté aussi que tu avais déclaré que ton père

serait furieux si tu le réveillais trop tôt.
Faut-il en déduire qu'il a parfois des réactions violentes avec toi? Qu'il t'inflige des mauvais traitements?

— Ben non, Monsieur le Lieutenant! C'était juste une manière de parler. Comme lorsqu'on dit «Il va me tuer si je fais telle chose» ou «Il va m'étriper en apprenant que j'ai fait ça». J'ai entendu ces expressions-là des centaines de fois à l'école et il n'y a pas eu de mort encore.

— Tu sais que tu peux tout me confier sans crainte, Alain. Je suis moi-même père de famille et très préoccupé par le problème de la violence faite aux enfants. Et dans mon métier, j'en vois de toutes les couleurs. Je cherche seulement à te venir en aide. Dis-moi franchement: est-ce que ton père a déjà levé la main sur toi?

— Une petite taloche par-ci par-là, rien de grave. Et je l'avais mérité, il me semble.

Sa question m'embêtait drôlement. J'avais tout à coup l'impression qu'il cherchait à noircir Normand sous le prétexte de me rendre service. Je n'aurais pas vraiment aimé être le fils du lieutenant Ménard, même si ça voulait dire alors qu'on ne recevait jamais de claque derrière la tête. Non, je n'aurais pas voulu changer de place pour rien au monde. Avec les policiers, il faut surveiller ses paroles pour éviter de se faire mettre en boîte. À partir de là, je suis resté sur mes gardes. Mais le lieutenant était beaucoup plus rusé que moi.

— Vous êtes sûr de ne pas vouloir parler à mon père?

— Non, non, je te l'ai dit, je suis simplement venu bavarder un peu avec toi, dans ton intérêt d'abord. Tu es d'un âge extrêmement vulnérable et sensible aux influences de toutes sortes. Il ne faudrait pas que l'affection que tu portes à ton père t'empêche de révéler certains faits susceptibles de confirmer ou d'alourdir les charges qui pèsent contre lui. Ce ne serait pas un bon service à lui rendre, pas plus qu'à toi-même et à la société dont tu fais partie.

— Vous pensez que je mens?

— J'ai l'impression que tu en sais beaucoup plus long que tu le laisses croire. Et il ne serait pas souhaitable que toutes ces révélations incriminantes ne sortent que le jour du procès, sous le feu de l'interrogatoire du procureur.

— Je ne vois vraiment pas de quoi vous voulez parler, Monsieur.

— J'ai moi-même découvert des agissements répréhensibles de ton père qui vont sûrement nuire à sa cause. Je pensais que tu étais déjà au courant...

— Oh! cette histoire d'emprisonnement à cause des mesures de guerre, dans les années 70? Il m'a tout raconté et je pense que personne ne devrait plus lui chercher des poux pour ça!

— Il a donc été felquiste! Tu m'en apprends là une belle, jeune homme. Je n'avais pas pensé à vérifier si ton père avait des antécédents de ce genre. Merci de me l'avoir dit, même si ce n'était pas intentionnel! Pour ma part, je faisais allusion à tout autre chose...

Je venais de tomber tête baissée dans un piège. J'étais en maudit à cause de mon étourderie. Plus encore, j'étais anxieux de savoir quelle autre faute le lieutenant avait pu découvrir dans le passé de Normand. Il n'a pas tardé à me l'apprendre:

— L'électricien et le plombier de Saint-Xavier ont dû reconnaître que ton père les a payés au noir pour effectuer certains travaux, durant la fin de semaine qui a suivi votre arrivée...

— C'est juste ça? Tout le monde le fait, non? Les ouvriers coûtent tellement cher!

— Tout le monde? J'espère bien que non! C'est un crime économique qu'on ne peut plus prendre à la légère, Alain. Sais-tu combien de millions échappent annuellement au Trésor public, en taxes et en impôts, à cause de fraudeurs comme ton père? Si on ajoute à cela son passé de terroriste... En grattant à droite et à gauche, je découvrirais probablement encore plein d'autres actions illégales. Autant d'indices qui me portent à croire qu'il est capable des pires choses. Par exemple, j'ai noté la présence de collants de quelques villes des États-Unis dans le pare-brise de sa voiture. Je ne serais pas surpris que vous alliez régulièrement faire un tour là-bas.

— Quel mal y a-t-il à ça?

— Est-ce qu'il y achète parfois des cartouches de cigarettes?

— Non, il achète toujours ses clous de cercueil à la pharmacie Jean Coutu. Vous savez, là où l'on trouve de tout, même des médicaments.

Cette fois-ci, je n'avais pas mordu à l'hameçon! J'avais entendu parler dernièrement de cette autre forme de fraude fiscale qui consiste à acheter de la marchandise américaine sans la déclarer aux douanes. La contrebande de cigarettes s'était répandue dans tout le sud du Québec et même en Ontario.

Normand ne faisait pas partie de ces gens qui multiplient les voyages aux États pour en rapporter un maximum de choses, y compris de l'essence et de la nourriture. Avec ses insinuations, ses accusations à peine déguisées, le lieutenant Ménard insultait mon père! J'enrageais de ne pouvoir mieux le défendre. Je risquais de gaffer à nouveau et de nuire encore plus à sa cause. À *notre* cause.

Je devais avoir l'air assez écœuré parce que le lieutenant-détective s'est décidé à regagner sa voiture, non sans y aller d'un dernier «bon» conseil:

— À ta place, je m'en tiendrais strictement à la vérité — et rien que la vérité — le jour du procès, en écartant toute autre considération personnelle. Les intérêts supérieurs de la justice exigent parfois de gros sacrifices, mais, crois-moi, on est toujours payé en retour. Tu vas me promettre de bien réfléchir à tout ça, n'est-ce pas?

Je me suis retenu pour ne pas l'envoyer paître.

À ce moment-là, du côté des Laverdière, Blackie s'est manifesté par un aboiement retentissant. Puis il s'est mis à filer vers le policier qui n'a pas bougé. La grosse masse noire a sauté la petite clôture qui borde les deux propriétés en façade des maisons.

J'ai espéré quelques secondes que le chien de notre voisin allait bondir sur le visiteur pour le mettre en pièces. Au contraire, il s'est mis à lui faire plein de belles façons en approchant. Et c'était réciproque.

— Vous vous connaissez bien, on dirait! Il est loin d'être aussi amical avec nous autres.

— Un chien sent les personnes qui ont la conscience nette, dit le lieutenant avec un large sourire. Et puis Laverdière est mon beau-frère.

— Vraiment? Vous avez de la parenté qui n'est pas trop aimable, savez-vous!

— Germain file un mauvais coton depuis quelque temps, a reconnu le policier en s'installant derrière le volant. Les petits cultivateurs n'ont pas la vie facile. Mais il s'agit du bien bon monde. Du monde qu'on connaît. Tandis que vous autres...

Il est parti en laissant sa phrase en suspens.

Ça voulait dire évidemment que nous avions tort de venir de l'extérieur. Nous étions des indésirables qui attiraient les soupçons, des étrangers dont il fallait se méfier.

9

Une fausse piste en forme de cercle vicieux

— **C**'est la situation la plus révoltante que j'ai jamais vécue, confirma mon père.

J'avais attendu qu'il ait pris son deuxième café et allumé son premier «clou de cercueil» de la journée pour lui raconter la visite du lieutenant Ménard. Il fulminait autant que prévu, mais, Dieu merci! pas contre moi.

— Ce n'est pas vraiment de ta faute, Alain. Le lieutenant Ménard t'a manipulé à sa guise. Je le soupçonne même d'être venu tôt le matin pour avoir l'occasion de te parler seul à seul et de te tirer les vers du nez... En tant qu'inculpé, j'aurais pu exiger la présence de mon avocat s'il avait voulu m'interroger; toi, tu n'es qu'un témoin dans cette affaire. Mais tu es aussi mon fils, et un mineur par surcroît. Si jamais des policiers t'approchent encore, viens me prévenir immédiatement. Ils n'ont pas le droit de te harceler avec leurs questions et, surtout, leurs insinuations malveillantes. Espérons que le lieutenant ne sera pas assez odieux pour utiliser, au procès, les informations qu'il a recueillies aujourd'hui en usant de tactiques aussi déloyales!

Je pense qu'il disait cela sans se faire d'illusions, en manière de consolation pour moi. La police voulait un coupable à tout prix et elle n'en voyait pas d'autre que mon père. Tout se passait comme si le lieutenant Ménard et ses confrères avaient des œillères, comme les chevaux qui labouraient les champs avant l'avènement du tracteur!

— Je commence à mieux comprendre pourquoi il est si difficile d'orienter l'enquête sur l'ex-propriétaire, reprit Normand, la tête entre les mains. Harris avait réussi — seul le Diable sait comment — à devenir l'ami de notre voisin Laverdière, dont la sœur se trouve être l'épouse du sous-chef de police locale. Dès le début, Laverdière a été aiguillé sur une fausse piste: la nôtre. Il cherche depuis lors à confirmer son hypothèse erronée par tous les moyens possibles. Nous jouons décidément de malchance!

— Comment sais-tu que c'est la sœur de notre voisin et non de notre voisine que le lieutenant-détective a épousée, p'pa? Il m'a seulement dit qu'il était le beau-frère de Laverdière.

Normand a froncé les sourcils en me considérant avec étonnement.

— Tu fais preuve là d'une excellente observation, Alain! C'est vrai que le nom de jeune fille de Mme Laverdière pourrait bien être Ménard. Mais je te crois assez perspicace pour avoir déjà deviné la réponse à ta question... Mettons de côté les considérations de ressemblance physique. J'ai supposé que le lieutenant avait marié la sœur de Laverdière parce que, à en juger par l'attitude de la police jusqu'à maintenant, l'opinion négative du mari à notre égard me paraît avoir été privilégiée au détriment de celle de sa femme. Autrement dit, si Ménard avait plutôt été l'époux de la sœur de notre gentille voisine, j'ai tout lieu de croire que cette dernière aurait pu plaider en notre faveur. Et que nous ne serions pas dans un tel merdier aujourd'hui!

Je ne pouvais que me ranger à son opinion. Cela confirmait mon impression que Mme Laverdière et Louison étaient aussi isolées que nous dans cette histoire. Elles semblaient obligées de taire la sympathie que, visiblement, nous leur inspirions. Il ne faisait pas de doute dans mon esprit que toutes les deux croyaient en notre innocence, grâce à leur intuition et à leur sensibilité.

Voilà que mon imagination chevaleresque se mettait à galoper à toute vitesse! J'auréolais mes voisines encore plus que Normand.

— P'pa, je sais maintenant ce que je veux faire dans la vie, plus tard.

— Pas un policier, toujours?

— Non, un détective privé. Mener des enquêtes pour aider les pauvres gens accusés injustement. Pour secourir les victimes comme nous.

— Le potentiel est là, mais tu as encore pas mal de chemin à faire avant d'imiter les exploits d'un Sherlock Holmes!

10

Des vacances sous surveillance

Le temps était venu pour mon père de prendre ses deux semaines de vacances. Il ne s'était toujours pas décidé à suivre le conseil de maître Legault. Il comptait sur un déblocage dans l'enquête pour s'éviter de faire cette démarche humiliante auprès de Géraldine Doyon.

Normand s'efforçait d'être de bonne humeur avec moi à *La Ferme*, mais je sentais qu'il s'inquiétait beaucoup. Échaudé par sa mésaventure avec la gardienne du curé, il avait préféré renoncer à sa sortie du samedi soir. C'était au moins ça de bon.

En plein mois d'août, nous utilisions rarement la piscine que j'avais tant réclamée. Je n'aimais pas l'idée de me baigner presque sous le nez de Louison, sans bénéficier de sa compagnie.

Mon père se désolait aussi de n'avoir pu reparler à Mme Laverdière depuis le jour de notre arrivée, à l'exception d'une brève rencontre à l'épicerie du village. Colette et Louison faisaient leur marché seules. Elles étaient visiblement contentes de prendre de nos nouvelles, tout en manifestant une grande nervosité, comme si elles se sentaient surveillées. Le mari ne devait pas être loin. Nous n'avons prononcé que quelques mots. Des banalités. J'ai tout de même senti que nous étions tous les quatre sur la même longueur d'onde, comme la première fois. Il y a des échanges de regards qui en disent aussi long que de grandes déclarations. C'était uniquement à cause de Germain... et de son chien si le rapprochement avec nos voisines ne se faisait pas plus rapidement!

○

Cet été-là devait battre des records de vents. Un matin, je suis allé en vélo jusqu'au village de Saint-Antoine, le plus proche à l'est de *La Ferme*. Tout s'est passé à merveille à l'aller; je roulais en dixième vitesse. Au retour, par contre, j'ai affronté un vent assez violent pour écorner un bœuf. Je faisais quasiment du sur place, comme en montagne, en pédalant en première. De quoi décourager mon père de sortir sa propre bicyclette... Au fait, Louison en possédait-elle une?

○

Un après-midi, Normand m'a suggéré de profiter d'une sortie de Laverdière en camionnette pour aller inviter sa femme et sa fille à traverser le fossé, ne serait-ce que pour se tremper les orteils.

Il fallait se dépêcher d'en profiter parce que le fermier ne s'absentait pas souvent.

Après plusieurs coups de sonnette, Mme Laverdière est venue répondre avec un demi-sourire. Elle avait la figure enflée et la chevelure en désordre. Poliment, elle a refusé de se joindre à nous:

— Je crois que ça déplairait à Germain. De toute façon, Louison doit garder la chambre. Elle est un peu malade ces temps-ci. Tu salueras quand même ton père de ma part.

— Vous n'avez pas l'air de filer non plus, Madame Laverdière. Qu'est-il arrivé à votre visage?

— Oh! ça? Eh bien... je me suis cognée contre un cadre de porte en me levant sans allumer, la nuit dernière.

J'ai bien sûr fait le rapprochement avec le cas de Louison, quelques jours plus tôt. Mais je n'ai pas insisté: un grondement est monté derrière. Colette Laverdière a dû retenir Blackie qui fonçait sur moi! Le bonhomme avait-il laissé son monstre à la maison exprès pour surveiller sa petite famille?

En retournant à *La Ferme*, j'ai vu un objet voltiger en zigzag jusqu'à mes pieds. C'était un avion de papier, envoyé par nulle autre que Louison! Ma voisine m'a salué de sa chambre, à l'étage. Nous n'avons pas eu la chance d'échanger une seule parole: elle a refermé les rideaux subitement lorsque la camionnette de son père s'est engagée dans l'allée du garage. Je suis revenu sur mon territoire en moins de temps qu'il ne faut pour le dire!

○

— Si jamais nous sommes témoins d'un acte de violence de Laverdière envers sa femme ou sa fille, je me ferai un devoir et un plaisir de prévenir la police, a déclaré mon père en prenant connaissance des derniers événements.

Il aurait bien voulu, comme moi, voir disparaître notre voisin du décor. Quitte à confier gratuitement à un autre cultivateur la récolte de notre mauvais blé, à la fin de l'été.

Nous avons acheté des jumelles pour mieux surveiller ce qui se passait chez les voisins. Malheureusement, ils gardaient toujours les rideaux tirés et ne sortaient que pour travailler dans le champ, talonnés par Blackie. Nous n'osions pas adresser la parole à Colette et à Louison en présence du mari.

○

Désirant profiter au maximum de ses vacances malgré tout, Normand a entrepris de me faire visiter en voiture les endroits intéressants de la région. Autrement dit, ceux qui conservent des traces de notre passé patriotique. À commencer par Chambly, à l'embouchure du Richelieu.

Il y a là un fort historique national très bien conservé, au milieu d'un parc rempli d'arbres gigantesques, juste à côté de rapides. Pour des nostalgiques comme mon père, ce fort aux murs d'enceinte troués de *meurtrières** symbolise les efforts de la mère-patrie, la France, pour affirmer sa présence au Canada aux XVIIe et XVIIIe siècles, malgré la farouche opposition des Iroquois. Son emplacement sur le bord d'une voie navigable lui donnait une importance stratégique. Après la victoire britannique, le fort avait continué de jouer un rôle militaire de premier plan, particulièrement lors des affrontements avec les Américains en 1775 et en 1812. Sans oublier la fameuse rébellion de 1837-1838, aux allures de guerre civile!

Nous avons passé une journée formidable à visiter des salles remplies de costumes d'époque, d'armes et d'objets utilitaires datant des premiers temps de la colonisation. Je me suis étonné de la petite taille des mannequins de cire représentant des soldats en uniformes, des cultivateurs, des artisans ou des prêtres. Normand m'a affirmé que ce sont des carences dans l'alimentation qui empêchaient nos ancêtres de grandir davantage. Ils mangeaient rarement à leur faim!

---

* Ouvertures pratiquées dans un mur de fortification pour tirer sur des assaillants.

Les jours suivants, nous sommes allés observer les anciennes écluses situées tout près, à travers lesquelles passent de nombreux bateaux de plaisance durant l'été.

Nous avons fait quelques autres sorties du même genre dans les différents villages qui longent la rivière: un itinéraire appelé «le chemin des Patriotes».

C'est en prenant le traversier à Saint-Denis, une fin d'après-midi, après une randonnée dans le parc du Mont-Saint-Hilaire, que Normand et moi avons constaté une nouvelle curiosité à notre égard. Voilà qu'on nous montrait du doigt ou... du menton, avec plus ou moins de discrétion. Au point de nous mettre franchement mal à l'aise.

Un préposé a fait la grimace en remettant la monnaie à mon père. Durant le trajet jusqu'à l'autre rive, les autres automobilistes se sont mis à nous dévisager en se parlant à voix basse...

— Qu'est-ce qui leur prend tout à coup?

— Alors, toi aussi, tu as remarqué... qu'on ne passe plus inaperçus.

Au retour, nous sommes arrêtés au village: même réaction chez les commerçants et leur clientèle. Un lourd silence s'installait en notre présence, suivi d'échanges confidentiels qui nous donnaient l'impression d'être en quarantaine.

Nous avons eu brutalement l'explication en voyant la première page du journal local, livré sur le pas de notre porte. *L'Écho du Richelieu* titrait en grosses lettres, avec une récente photo de Normand prise au téléobjectif:

UN RÉSIDANT DE SAINT-XAVIER SOUPÇONNÉ DE SE LIVRER AU COMMERCE DE LA PORNOGRAPHIE

11

«Présumé coupable»

Rejoint au téléphone, maître Legault a confirmé que l'article demeurait dans les limites de la légalité même s'il salissait la réputation de mon père.

Le journaliste avait sûrement reçu des informations confidentielles et privilégiées du lieutenant-détective Ménard, mais il évitait de le citer. Il prenait soin d'utiliser le conditionnel du début à la fin de son texte. En voici un extrait:

«Selon une source digne de confiance, M.Therrien aurait eu en sa possession des imprimés présentant la sexualité humaine sous ses aspects les plus dégradants. Ce professionnel de quarante-deux ans, sympathisant du Front de libération du Québec (F.L.Q.) au début des années soixante-dix, vit maintenant seul avec son jeune fils. Or, il semblerait que plusieurs enfants soient impliqués dans cette histoire sordide.»

L'Écho du Richelieu présentait Normand comme un citadin aux mœurs douteuses qui ne s'était pas intégré à la collectivité. Il était jugé et condamné sur la place publique avant même la tenue du procès!

Mais n'était-ce pas un peu de sa faute? L'avocat l'avait averti de ce qui risquait d'arriver s'il laissait aller les mauvaises langues...

Quand il en a eu assez de tempêter et de rager d'indignation, mon orgueilleux de père s'est enfin résigné à entreprendre ce qui lui avait été conseillé dès le départ.

○

J'ai demandé à Normand si je pouvais rester dans la voiture pendant qu'il allait voir l'ex-institutrice.

— J'aimerais mieux que tu m'accompagnes, Alain. Ma démarche perdrait beaucoup de son efficacité autrement. Il faut renforcer par tous les moyens mon image de bon père de famille afin d'amadouer Mlle Doyon et de la convaincre de mon innocence.

— C'est le grand numéro de charme, quoi?

Maître Legault nous avait communiqué l'adresse de la retraitée, au village de Saint-Xavier, et nous nous y étions rendus un dimanche après-midi. Papa avait préféré ne pas la prévenir de notre visite.

«Géraldine passe tous ses dimanches en compagnie de monsieur le curé, son frère», nous ont répondu les membres de la parenté chez qui elle habitait. Là encore, on nous lorgnait comme des pestiférés.

— J'aurais dû m'en douter, a soupiré Normand.

C'était inutile de remonter dans la voiture: le clocher se dressait à quelques coins de rue de là. Un bâtiment tout ce qu'il y a de plus historique, lui aussi.

— Profitons-en pour visiter, Alain. Voilà un bon bout de temps que je n'ai pas mis les pieds dans une église.

La dernière fois que nous y étions allés ensemble, c'était pour l'enterrement de Maman.

○

Il n'empêche que c'est très chouette, une vieille église. Celle de Saint-Xavier, en tout cas, avait de quoi me fasciner avec son parfum d'encens, ses centaines de petites flammes qui dansaient dans des ballons de verre multicolores, son autel ornementé au milieu du chœur sculpté. Dans la semi-obscurité, les lampions allumés par des fidèles se mariaient à merveille aux vitraux et aux tableaux représentant les stations du chemin de la Croix.

Normand aussi a semblé impressionné. Nous nous sentions forcément un peu étrangers dans ce lieu. Et pas tellement les bienvenus, à en juger par tous les regards tournés vers nous. Des personnes âgées surtout occupaient les bancs, mais celle que nous recherchions était absente.

Par contre, Monsieur le curé en personne s'est avancé vers nous dans l'allée centrale. Il portait, par dessus le noir de sa soutane, une sorte d'écharpe mauve avec des motifs brillants. Les présentations se sont avérées inutiles «grâce», encore là, à *L'Écho du Richelieu.*

— Soyez les bienvenus dans la maison du Seigneur. Je n'espérais plus votre visite... Savez-vous que vous arrivez juste au moment de la Confession? Je suis à votre disposition si le cœur vous en dit. Il y a ensuite une messe, à quatre heures, où vous pourriez recevoir la Communion.

On aurait pu croire que le prêtre se payait notre tête. Mais non, il n'y avait pas de moquerie dans son attitude. Si la colère montait à vue d'œil chez mon père, c'était uniquement parce qu'il se sentait accusé à tort d'un grave péché.

— C'est trop aimable de votre part, monsieur le Curé, mais j'étais venu simplement pour m'entretenir un moment avec votre cousine. On m'a dit que je pourrais la trouver ici.

— Exact. Géraldine assiste à la grand messe de dix heures, dîne en ma compagnie, puis s'affaire dans le jardin du presbytère lorsque la température est assez clémente. C'est là que vous la trouverez, Monsieur Therrien. Mais je crains qu'elle ne soit pas disposée à vous parler.

— Je vous remercie infiniment, mon père.

Ça me faisait drôle de l'entendre dire «mon père» sur un ton si sérieux. Toute l'assistance avait suivi notre conversation, bouches, oreilles et yeux grand ouverts. Normand a soigné son image. Il a fait une génuflexion cérémonieuse face à l'autel avant de m'entraîner vers la sortie. Rendu près de la porte, comme pour bien montrer son innocence, il s'est retourné, a plongé les doigts dans le bénitier et a exécuté un grand signe de croix avant de sortir.

Les lourdes portes se sont refermées sur des chuchotements scandalisés.

12

Avec l'aide de Dieu?

Dans son éternelle robe grise, entre deux rangées de fleurs, Géraldine Doyon était penchée sur de minuscules pousses en bordure du jardin du presbytère. Du sang de cultivateur circulait dans les veines de l'ex-institutrice d'école. Un grattoir dans une main et une mini-pelle dans l'autre, elle prenait un plaisir évident à ces petits travaux de la terre. Malheureusement, son sourire a disparu dès que nous sommes entrés dans son champ de vision.

— Belle journée pour faire du jardinage, n'est-ce pas? a dit Normand, en se donnant un air décontracté.

Mlle Doyon ignorait notre présence. Mon père ne savait trop sur quel pied danser, alors il s'est assis sur une bûche à proximité. Il a préféré tourner autour du pot. Sa tactique favorite.

— Moi aussi, j'aurais eu le goût de faire un jardin ornemental comme le vôtre, avec quelques fines herbes. De la ciboulette, du persil et du basilic bien frais, quel régal! Mais figurez-vous que je n'ai pas eu le temps de semer quoi que ce soit. Ou plutôt, je n'avais pas la tête à ça. L'histoire que vous savez m'a causé — nous a causé — tellement d'ennuis! Même mon travail à Montréal en souffre. Et nos vacances sont pour ainsi dire gâchées depuis la parution de cet article abominable dans l'hebdo régional.

J'ai ajouté mon grain de sel, comme prévu:

— Nous avons commencé à recevoir des appels anonymes: des menaces ou des fous rires, à toute heure du jour et de la nuit.

— Inutile de chercher à m'apitoyer, dit enfin la vieille demoiselle. Vous récoltez ce que vous méritez, Monsieur Therrien. Je trouve seulement dommage que votre fils subisse indirectement les conséquences de vos agissements ignobles!

Elle me regardait comme si j'étais la victime sans défense d'un père dénaturé. Comme si mon sort se comparait à celui des agneaux que Laverdière sacrifiait pour satisfaire les amateurs de méchoui.

— Vous vous trompez, Mademoiselle Doyon, mon père n'a rien à voir dans cette histoire de cochonneries. Je vous le jure sur la tête de ma mère décédée.

— Mon pauvre enfant, je comprends que tu te sentes obligé de prendre sa défense. J'espère au moins qu'il ne t'y a pas contraint en usant de brutalité!

Elle ne voulait rien entendre. Une vraie tête de mule! Normand avait du mérite à rester calme. Il a répliqué en la fixant bien droit dans les yeux:

— Vous me prenez pour un bourreau d'enfants par-dessus le marché? Vous croyez vraiment que je suis du genre à tordre le bras de mon propre fils? Ce fameux samedi où vous êtes venue le garder, Alain vous a-t-il donné l'impression de subir un abus d'autorité de ma part?

— Non, pas vraiment, a convenu Mlle Doyon après quelques secondes d'hésitation. Je me rappelle que vous lui aviez interdit l'accès de la cave. Vous ne vouliez donc pas le mêler à votre commerce infâme. Je l'ai mentionné dans ma déposition. Le juge en tiendra sûrement compte dans l'établissement de votre sentence, Monsieur Therrien. Je souhaite néanmoins que vous soyez sévèrement puni. Le vice de la chair gagne partout du terrain en ce bas monde. La décadence des mœurs qui affecte l'ensemble de notre société commande un châtiment exemplaire pour les pornographes de votre genre!

Mon père se leva et se mit à gesticuler des mains, à défaut de pouvoir étriper Mlle Doyon.

— Ne pouvez-vous donc pas concevoir qu'il s'agit d'une erreur? Je n'ai jamais été mêlé, de près ou de loin, à la fabrication ou à la vente de ces revues. J'en ai hérité bien malgré moi du précédent propriétaire. C'est à lui et à lui seul qu'il faut s'en prendre. Je suis tout au plus coupable de négligence pour ne pas m'en être débarrassé assez tôt!

— C'est ce que la justice démontrera ou pas, Monsieur. Maintenant, je vous demanderai de ne plus m'importuner. Cela risquerait d'aggraver votre cas. Nous nous reverrons sans doute au procès, et pour la dernière fois, j'espère!

Convaincue que nous mentions, l'ancienne institutrice demeurait sur ses positions. Il n'y a pas plus sourd que celui qui ne veut rien entendre; ma mère me le répétait souvent, avec raison.

Je me préparais déjà à tourner les talons, mais Normand, lui, refusait d'abandonner la partie.

— Les choses ne sont pas aussi simples, Mademoiselle. Votre attitude influence grandement le cours de la justice. Vos préjugés défavorables à mon égard ont fait en sorte que tout a joué contre moi depuis le début.

— Comment pouvez-vous prétendre une chose pareille?

— En faisant preuve de plus d'objectivité, vous auriez fourni aux autorités policières des raisons d'élargir le champ de l'enquête. Cela m'aurait donné de meilleures chances d'être lavé des accusations qui pèsent sur moi.

— Donnez-moi donc un exemple précis pour appuyer votre affirmation grotesque.

— Si l'inspecteur Ménard entretenait des doutes raisonnables sur ma culpabilité, il n'hésiterait pas à faire suivre Harris, le précédent propriétaire, pour essayer de découvrir des éléments incriminants. Si vous aviez manifesté publiquement de meilleures dispositions à mon égard, le journaliste de *L'Écho du Richelieu* aurait nuancé davantage ses propos... Tous ces détails pèsent beaucoup dans la balance, Mademoiselle Doyon. Pas besoin d'être un brillant avocat pour le réaliser. Même les magistrats sont des êtres humains influençables. En ce moment, j'ai toutes les raisons de croire que celui qui entendra ma cause commettra une grave injustice en me condamnant! Mais si vous me prêtez votre concours, il n'est pas trop tard pour renverser la vapeur.

Mon père avait magnifiquement plaidé sa cause. Il aurait fallu avoir un cœur de pierre et un cerveau complètement bouché pour ne pas se laisser ramollir. Mlle Doyon s'était arrêtée pour l'écouter, le regard un peu mouillé. Oui, Normand avait marqué des points. Cela ne voulait pas dire que la partie était gagnée pour autant.

— Vous me paraissez sincère, Monsieur Therrien. Vous êtes soit un homme de bonne foi, soit un excellent comédien. Comment savoir? Moi qui me croyais perspicace et bien avisée, je me suis fait duper tant de fois au cours de mon existence! Des hommes comme vous m'ont souvent chanté la pomme pour me trahir ensuite. Vous et vos semblables ne m'inspirez guère confiance, je l'avoue. À mesure que j'avance en âge et que je me détache des futilités de ce monde, il me devient de plus en plus difficile de croire en vos beaux discours!

J'ai fixé Normand, pour me rendre compte qu'il pensait la même chose que moi. À savoir que tout était foutu, foutu d'avance, parce que Mlle Doyon ne pouvait pas sentir les hommes dans son genre. Peut-être même qu'elle détestait la moitié de l'humanité, à part les prêtres et les enfants. Elle avait trouvé avec mon père l'occasion idéale de se venger de toutes ses déceptions et de ses frustrations. Non, elle n'allait pas intervenir en notre faveur auprès du lieutenant Ménard. Ni de qui que ce soit d'autre. Elle a repris avec son aplomb habituel:

— Je suis certaine que la vérité triomphera au procès, d'une manière ou d'une autre. Il faut s'en remettre à la Providence et conserver la foi en toutes circonstances, Monsieur Therrien. Je vais prier pour que Dieu vous vienne en aide, quoi qu'il advienne. C'est le mieux que je puisse faire, car, sachez-le, mes prières sont toujours entendues... Maintenant, si vous voulez bien m'excuser, j'ai beaucoup à faire à l'intérieur. Mon cousin n'a plus les moyens de se payer un bedeau ni une femme de ménage, alors je dois tout ranger moi-même dans la sacristie. Ah! si seulement plus de paroissiens payaient leur dîme, nous n'en serions pas là...

Elle a disparu par une porte de côté en nous laissant au beau milieu du jardin. Normand est resté longtemps écrasé là, bouche bée, la tête entre les mains.

Je crois bien qu'il aurait pris racine dans ce jardin si je n'avais pas été là pour le secouer.

13

Un procès devenu inévitable

VLAN! Les copeaux de bois volaient de tous bords à chaque coup de hache. Depuis le temps que mon père parlait de faire abattre l'arbre mort, il avait enfin décidé de s'en charger lui-même!

C'était le dernier dimanche de l'été et déjà, le petit bois commençait à perdre de son feuillage, en attendant de prendre des couleurs. Le jour du procès approchait et tout indiquait que nous allions le perdre.

VLAN! J'encourageais Normand du regard tout en sachant qu'il se plaindrait de courbatures le lendemain. Il avait grand besoin de se défouler. Sur sa recommandation, je m'étais éloigné pour éviter tout risque d'accident. Je forçais avec lui, de corps et d'esprit: là aussi, nous faisions équipe.

— Nous voilà rendus presque à la moitié du tronc, Alain. Nous n'avions pas besoin de l'aide de ce crétin de Laverdière qui, de toute évidence, empêche sa femme et sa fille de nous parler. Et il n'a même pas été foutu encore de verser un sou pour le blé récolté dans notre champ la semaine dernière... Tiens, le prochain coup est pour lui!

VLAN! L'air était frais et chargé d'odeurs âcres, parmi lesquelles dominait celle du bois brûlé. Nous avions commencé à utiliser le foyer ce matin-là. Il est vrai que les événements de la nuit avaient eu de quoi nous donner la chair de poule. Vers une heure du matin, Papa s'était réveillé à cause d'un bruit à la fenêtre de sa chambre. Un bruit révélateur d'une présence menaçante. Quand il s'est décidé à tirer les rideaux, un gros loup le fixait avec ses babines retroussées, apparemment prêt à bondir à travers la vitre. Normand s'est mis à crier et à sacrer assez fort pour me réveiller avant de se rendre compte qu'il s'agissait en fait d'un animal empaillé, juché sur un escabeau de fortune.

— Un autre bon coup de hache pour les auteurs anonymes de la sinistre plaisanterie de cette nuit! continua mon père, qui devinait mes pensées. Et n'oublions pas non plus les responsables du méfait de la fin semaine dernière!

Le vendredi soir, après une semaine superstressante en ville, nous avions trouvé *La Ferme* maculée d'excréments d'animaux. Il y en avait jusque dans les vitres de l'étage. Ils avaient probablement été projetés à l'aide d'une pelle. Nous n'étions pas experts en la matière, mais à en juger par l'odeur qui provenait de temps en temps de chez nos voisins, il s'agissait de fumier d'agneau... Nous avions dû nettoyer tout ça avec un tuyau d'arrosage et des brosses à longs manches.

VLAN! et reVLAN! Le tronc était à présent à moitié entamé dans sa largeur. Les prochains coups de hache furent dédiés à de nombreux autres acteurs de nos mésaventures. À Harris d'abord, qui nous avait laissé la saloperie à l'origine de tous nos ennuis. À maître Legault, qui avait déçu nos attentes depuis le début. Au lieutenant Ménard de la Sûreté du Québec, qui se prenait bien à tort pour un fin renard. Enfin, et surtout, à Géraldine Doyon, notre ange de malheur.

VLAN! J'imaginais la tête de Mlle Doyon roulant au sol à la suite du coup de hache. Même détachée du tronc, elle conservait son air pincé. Puis elle ouvrait les yeux et lançait avec fureur: *«Comment osez-vous m'exécuter un dimanche! Ne savez-vous pas qu'il est interdit de faire de gros travaux le Jour du Seigneur?»*

Ce n'étaient pas des pensées charitables, mais elles nous soulageaient sans causer de mal à personne. En réalité, jamais nous n'aurions levé le petit doigt sur aucun de nos ennemis.

Mais où se cachaient donc nos amis — nos amies, plus exactement? Nous avaient-elles à leur tour abandonnés?

C'est au moment précis où je m'inter-
rogeais que Colette et Louison Laverdière
ont fait leur apparition. Elles marchaient
vers nous en se tenant par la main. Il n'y
avait ni mari ni chien gênants dans les
parages.

— On a de la belle visite, p'pa!

Nos voisines n'ont pas hésité cette
fois à franchir le fossé. Les traits tirés,
elles avaient encore au visage des mar-
ques qui nous laissaient soupçonner que
le ménage n'allait pas pour le mieux.
Normand s'est arrêté de bûcher pour les
accueillir.

— C'est bien plaisant de vous revoir
toutes les deux! Nous avons cru que vous
vous cachiez de nous ces derniers temps.

— C'est exactement ce que nous
avons dû faire, dit Mme Laverdière. Mais
j'ai pris une grave décision aujourd'hui.
C'est parce que vous avez été occupés à
l'extérieur qu'on ne vous a pas encore
mis au courant de la bonne nouvelle...

— Une bonne nouvelle, dites-vous? Je
ne crois plus aux miracles!

— Je reviens du poste de police. J'ai
tout raconté au directeur, le capitaine
Gendron. Germain et moi, nous étions

au courant du commerce illégal de Harris quand il était notre voisin. C'est dire qu'on n'a pas été surpris de la découverte faite dans votre sous-sol! Germain aurait dû intervenir tout de suite en voyant les problèmes que ça vous causait. Mais il était très copain avec Harris, et souvent chez lui pour lui rendre des petits services. Ils allaient à la chasse ensemble. Germain pouvait en retour récolter son blé pour presque rien et... collectionner gratuitement ses maudites revues.

Colette Laverdière avait du mal à continuer, en raison du chagrin et de la colère qui montaient en elle. Cela la gênait aussi d'avoir à parler devant moi. Louison se serrait contre elle pour l'encourager.

— ... On a toujours manqué d'argent. Avec seulement une fille pour aider à la ferme, les dettes se sont accumulées. Germain nous en voulait, à moi et à la petite, à cause de toutes ses difficultés. Je n'ai pas réussi à le convaincre d'aller dénoncer Harris. Je pense qu'il a surtout eu peur d'une vengeance: on entend souvent parler de règlements de comptes dans ce milieu-là! Il s'est mis à boire de

plus en plus et j'ai l'impression qu'il me cache plein de choses. Le silence, les mensonges et les réactions violentes ont achevé de détruire notre ménage.

— Est-il au courant de votre... dénonciation?

— Oh non! Germain ne me le pardonnera jamais. Il est parti aujourd'hui à Sorel pour affaires. Louison et moi avons ramassé le strict nécessaire et nous allons filer en taxi. Nous habiterons chez de la parenté au village de Saint-Antoine, en attendant que l'orage soit passé. La séparation va le rendre furieux. Tant pis s'il faut aller jusqu'au...

Elle ne put retenir plus longtemps ses larmes. Il y avait du divorce dans l'air. Mon père ne demandait pas mieux que de jouer les consolateurs en prenant notre voisine Colette par les épaules. Pour ma part, je me suis risqué à prendre la main de Louison; elle a répondu en me saisissant le bras en entier. Quel soulagement, quelle satisfaction énorme que c'était pour nous de passer du rôle de victime à celui de protecteur!

— Vous pouvez compter sur notre soutien total, celui d'Alain et le mien. Nous allons commencer par aller vous reconduire à Saint-Antoine. Venez, il n'y a plus une seconde à perdre.

Un étrange craquement nous a fait retourner.

— Regarde p'pa, l'arbre mort commence à pencher sous le vent. Il tombera bientôt tout seul!

— Il tombera avec l'aide de Dieu, dirait cette chère Mlle Doyon!

14

La poudrière

Normand avait bien fait d'accélérer le départ de Mme Laverdière et de sa fille. Dès notre retour à *La Ferme*, nous avons constaté que notre redoutable voisin était lui aussi rentré. Faut croire qu'il avait senti la soupe chaude à distance!

Je ne sais pas si sa femme lui avait laissé une lettre, mais c'était clair comme de l'eau de roche qu'il se retrouvait tout seul comme un idiot. Il n'avait vraiment pas besoin qu'on lui fasse un dessin.

L'abattage récent de l'arbre mort ajoutait à son énervement, à sa colère. Nous l'avons vu sortir et parcourir le champ... une carabine en main. Blackie s'agitait et aboyait frénétiquement sur ses talons.

Après avoir constaté que «son» arbre n'était pas tombé par la seule opération du Saint-Esprit, notre voisin est revenu en pointant son arme dans notre direction. Cela n'avait rien de rassurant, surtout à travers les jumelles...

— Il veut seulement nous intimider, a dit Normand. Il n'est quand même pas assez fou pour aggraver son cas en tirant sur les voisins!

C'était mal connaître Laverdière que de penser une chose pareille. D'autant plus qu'il semblait avoir tâté de la bouteille.

— **Attention**, **p'pa**, **ÉCARTE-TOI!**

La balle explosive de la carabine de chasse a fait volé en éclats la vitre de la fenêtre et défoncé une partie de la cloison intérieure, en face, pour aller s'enfoncer dans le mur opposé de la maison. Un nuage de fumée, de plâtre et une odeur de poudre et de bois calciné emplissaient le

salon. Des morceaux de verre jonchaient le sol partout.

— Je n'aurais jamais cru qu'une seule décharge de carabine pouvait causer autant de dégâts!

— Imagine quand ça t'arrive en pleine face, Alain! Nous ne sommes à l'abri nulle part à l'intérieur, avec une arme de ce calibre entre les mains d'un fou furieux. Il peut défoncer la porte en un rien de temps. Nous devons sortir d'ici à la première occasion.

Germain Laverdière se rapprochait dangereusement. Nous avions fermé toutes les issues en attendant de pouvoir fuir dans de meilleures conditions. Il se dirigeait vers l'entrée. L'idée nous a effleurés un instant qu'il voulait nous prendre en otages au lieu de nous abattre sur-le-champ.

Par chance, une première voiture de police est arrivée à ce moment. Laverdière a couru se réfugier dans sa maison, le fidèle Blackie à sa suite. Nous avons pu évacuer notre propre demeure sous la protection du sergent Pineault et de ses collègues.

Ce fut le début d'un long siège auquel nous avons assisté à une distance respectable, au milieu d'une foule grandissante de curieux.

Même le reporter de *L'Écho du Richelieu* s'y trouvait et se frottait les mains de plaisir en imaginant tout ce qu'il pourrait écrire sur cette tragédie.

○

Une douzaine d'autres policiers ont été dépêchés en renfort sur les lieux. Cela incluait l'escouade tactique avec son équipement spécialisé: canons à jet d'eau, gaz lacrymogène, robot télécommandé. Germain Larivière, avec son chien, réussissait à tenir à distance la Sûreté du Québec. Il avait plusieurs armes et assez de munitions pour décourager les policiers les mieux protégés.

Et surtout, il menaçait de tout faire sauter grâce à une grosse réserve de plastique soi-disant entreposée dans sa cave!

Une quantité importante de cet explosif très puissant avait effectivement été volée dans une usine des environs, au début de l'été. Juste avant notre arrivée à *La Ferme*.

On n'avait pas encore mis la main sur les coupables ni sur leur butin, probablement destiné à être revendu à des cambrioleurs professionnels. Ou à des terroristes...

Les matières les plus «dangereuses» n'étaient donc pas chez Harris, comme on le croyait, mais chez son voisin si discret! Dans le doute, les policiers ont préféré épuiser tous les moyens possibles pour inciter Laverdière à se rendre. Ils sont allés jusqu'à demander à sa femme et sa fille de parlementer avec lui au téléphone.

Peine perdue. Le captif a blasphémé comme un dément en maudissant tout le monde. Il a réclamé plusieurs fois qu'on le laisse filer sans encombre jusqu'à la frontière américaine, avec sa camionnette chargée d'explosifs!

Le téléphone est rapidement devenu inutilisable: Laverdière craignait trop qu'on essaie de détourner son attention pour l'attaquer par surprise. De toutes les fenêtres de sa maison, barricadées de tous les côtés, de tous les fronts, on pouvait l'entendre crier presque aussi fort que les policiers munis d'un porte-voix. Avec ses multiples orifices servant de meurtrières, sa maison me rappelait le fort de Chambly que j'avais visité quelques jours plus tôt.Et son occupant tirait sur tout ce qui approchait.

De quoi avoir la chair de poule jusqu'à la fin de mes jours à la seule vue d'une carabine en peinture ou en photo.

Le sergent Pineault et ses hommes se disaient prêts à soutenir le siège jusqu'à ce que Laverdière succombe à la fatigue.

Nous sommes retournés à Montréal un peu avant minuit, dans une voiture à la carrosserie trouée de balles.

Dès notre arrivée, Normand s'est empressé de composer le numéro que nous avait laissé Colette Laverdière. Nous avions hâte de prendre des nouvelles de nos voisines. Je dirais même que nous en avions besoin pour trouver le repos.

○

Quelques jours plus tard, nous avons mis la main sur un exemplaire de *L'Écho du Richelieu* qui relatait en détail l'issue de la tragédie:

«Le suspense s'est terminé au beau milieu de la nuit, sans effusion de sang. En effet, le sergent Pineault a eu recours à un brillant stratagème pour venir à bout de Germain Laverdière, armé jusqu'aux dents et barricadé dans sa demeure. Soupçonnant que le forcené s'était assoupi en se fiant à son chien pour monter la garde et en négligeant de lui donner suffisamment à manger, les policiers sont allés faire une réquisition à la boucherie de Saint-Xavier. C'est ainsi qu'un jambon, des entrecôtes, sans oublier notre spécialité locale, un gigot d'agneau, ont été discrètement acheminés aux abords de la maison. Le doberman affamé n'a pu résister longtemps à la tentation de s'emparer d'un morceau de viande. Le somnifère qu'elle contenait a fait son œuvre et les policiers ont pu aller cueillir Germain Laverdière, également endormi...

Notre malheureux concitoyen n'avait pas menti au sujet des explosifs. Le sous-sol de la maison en recelait suffisamment pour anéantir tout un village en quelques secondes. Mais l'homme tenait encore trop à la vie pour mettre son épouvantable menace à exécution. L'intervention rapide et astucieuse des policiers a sans doute permis d'éviter le pire.

L'enquête se poursuit dans l'affaire des revues pornographiques. Cependant, tout indique que les soupçons qui pesaient contre Normand Therrien, le plus proche voisin de Laverdière, étaient absolument sans fondement.»

Épilogue

John Harris a fini par se faire prendre au collet à la suite de l'enquête menée cette fois par le capitaine Gendron, le supérieur de Ménard.

L'ex-propriétaire de *La Ferme* était le complice de Laverdière dans le vol des explosifs. De plus, il avait délaissé depuis peu le commerce des revues pornographiques pour celui des vidéos de même nature, mieux adapté aux besoins du marché. Il ira rejoindre son ami derrière les barreaux.

Louison et Colette ont été plutôt soulagées de la condamnation de Germain Laverdière, en raison des mauvais traitements qu'il leur avait infligés les derniers temps. Elles ont tout de même éprouvé de la difficulté à couper tous les ponts avec lui pour repartir à neuf. Nous les avons aidées de notre mieux, en contribuant à notre propre bonheur du même coup. La mère et la fille nous avaient attirés dès notre rencontre; la suite des événements ne pouvait que renforcer nos sentiments.

Il a rapidement été question de vivre ensemble sous le même toit, sitôt que le divorce sera prononcé. Mais pas à temps plein. Selon mon père, il faut garder un peu de distance pour entretenir la passion. Il n'est pas pressé de se remarier, par crainte de rompre le charme et d'étouffer la flamme en la tenant pour acquise. J'ai appris que les choses ne marchaient plus très fort entre Maman et lui en dernier et il ne veut pas répéter les mêmes erreurs.

Nous avons continué à nous voir tous les quatre à Saint-Antoine durant les fins de semaine, jusqu'à ce que *La Ferme* soit vendue. Nous ne pouvions pas continuer à habiter une maison remplie de mauvais souvenirs, dans une petite localité où tout le monde jasait sur notre passage. Normand a racheté une propriété au bord du Richelieu, cette fois au sud-ouest de Montréal, près de Saint-Jean. Une région plus vallonnée, de toute beauté. Colette y a trouvé un petit travail qui lui plaît.

Louison, pour sa part, concentre ses efforts sur les études afin de rattraper son retard. Elle se trouve chanceuse d'avoir un «semi-frère» et un ami de cœur comme moi, réunis en une seule personne.

Et elle croit aussi que j'ai l'étoffe d'un grand détective.

Les criminels en tous genres n'ont qu'à bien se tenir!

Table des chapitres

Lithographié au Canada
sur les presses de
Metrolitho inc. – Sherbrooke